Da stehe ich. Chaos und Sterne im Bauch. Universum.

Texte junger Frauen

Herausgegeben von
Petra Fietzek

COPPENRATH

Liebe Leserin, lieber Leser!

Erzähl mal was von dir – so lautete der Titel meines Schreibseminars, das ich vom Sommer 2020 bis zum Sommer 2021 in der Kolpingbildungsstätte Coesfeld anbot. Gefördert vom Ministerium für Kultur und Wissenschaft NRW, sollten junge Erwachsene Gelegenheit erhalten, in enger Zusammenarbeit mit professionellen KünstlerInnen kreativ tätig zu werden.

Neun junge Frauen konnten bis zur Abschlusslesung dabeibleiben. Dort lasen sie vor Freunden und Verwandten selbstbewusst aus ihren sensiblen, existentiellen, humorvollen Texten vor.

In diesem Buch finden Sie eine Auswahl der bei den Schreibtreffen entstandenen Lyrik und Prosa, – mal in der Ich-Perspektive verfasst, mal in der 3. Person, um in einen freien Schreibprozess zu kommen. Auf

Wunsch der Teilnehmerinnen habe ich die Schreibimpulse so gewählt, dass sie der Entwicklung der eigenen Persönlichkeit dienten und eigene Ressourcen stärkten.

In diesem Buch teilen die jungen Frauen ihre Gedanken und Gefühle mit Ihnen und laden Sie ein, vielleicht mal selbst Papier und Stift zur Hand zu nehmen und dem Motto zu folgen: *Erzähl mal was von dir.*

Petra Fietzek

Standortbestimmung

Da bin ich – jetzt!
    Da stehe ich – jetzt!
Wie ich lebe
Treibgut

Ich – Du – Wir

Vorsätze

Vom Umgang mit Schwierigkeiten

Wie eine junge Frau den Himalaja bezwang
Vom Umgang mit Frust und Krisen
Eine junge Frau trennt sich von dem,
    was ihr zu viel Energie raubt
Ein Tier erklärt mir einen Satz,
    der für mich heilsam ist

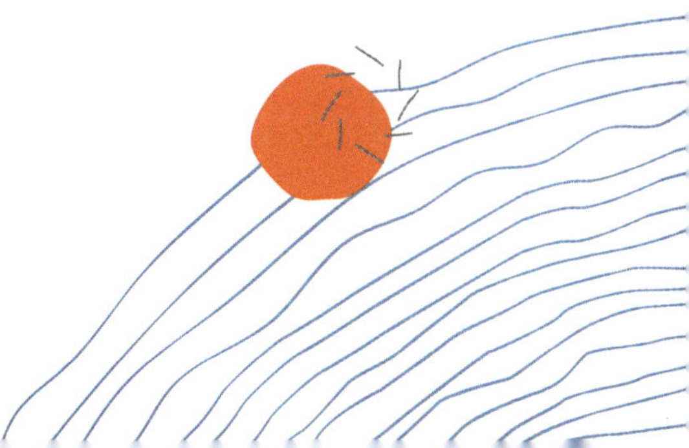

Etwas beginnt
leise und heimlich
im Verborgenen.
Die Welt bemerkt es kaum,
doch dieser Beginn
wird sie verändern.

Mariele

Standortbestimmung

Da bin ich – jetzt!
Da stehe ich – jetzt!

Wie ich lebe

Treibgut

Da bin ich – jetzt! Da stehe ich – jetzt!

1

Da stehe ich.
Chaos und Sterne im Bauch. Universum.
Irgendwie gequält, vermissend,
dagegen ansehnend.
Irgendwie bereit,
voller Aufbruchslust.

Angst ist meine liebste Begleiterin.
Er liebt sie nicht.
Er liebt mich
und bestätigt mich.

Trotzdem: Da stehe ich
nervös, schlaflos, übersprudelnd.
Ohne Konzentration.
Mit Mut.
Ohne Sicherheit.
Mit Sinn.

Ich sehe oft mehr, wo wenig ist.
Meist in dunklen Ecken.
Aber: Kompliziert kann auch einfach sein.
Zerdacht hab ich genug.

Vielleicht schaffe ich es,
Sorgenmühlen still zu legen
und zu springen.
Angst und Aufbruchslust.

Lisa

2

Ich weiß, wer ich bin.
Ich bin Optimistin.
Ich bin überzeugte Feministin.
Ich bin politisch, ich bin gläubig.
Ich bin offen, ich bin ehrlich.
Ich bin ein Familienmensch.
Ich bin Autorin, ich bin Dichterin.
Ich bin eine Zuhörerin und eine Rednerin.
Ich bin ehrgeizig, manchmal perfektionistisch.
Ich bin nicht perfekt.
Ich bin selbstsicher, zumindest meistens.

Doch bin ich auf der Suche.
Auf der Suche nach dem richtigen Weg.
Was ist richtig?
Und was ist richtig für mich?
Gibt es ein einziges „Richtig"?

Wo will ich noch hin? Was will ich machen?
Wer kann mich brauchen?
Wo gehöre ich hin? Was ist mein Plan?
Gibt es den überhaupt?

Ich bin jung.
Ich habe bereits so manches geschafft
und ich kann noch mehr schaffen.
Ich *will* mehr schaffen
und deswegen *werde* ich mehr schaffen.

Mariele

3

Da bin ich.
Feuchte Zigarette mit dir, wessen Spucke?
Berge im ersten Gang hochstrampeln. Schreiend.
Schwalben bei ihrem Sturzflug. Ich staune.
Ungewollt mit voller Wucht den kleinen Zeh stoßen.
Beim Tanzen die schweren Gardinen aufreißen.
Splitterfasernackt ins kalte Meer eintauchen.
Stille – Dunkelheit.
Wärme deiner Hüfte an meiner.
Da bin ich.

Paula

4

Bestandsaufnahme 2.0:
Da stehe ich, mit meinem Zeugnis in der Hand.
Da stehe ich, den Horizont voll Möglichkeiten.
Da stehe ich, mit dem Pinsel an der Wand.
Da stehe ich, auf der Leiter ganz weit oben.
Da stehe ich, bin frei und voller Möglichkeiten
und doch stehe ich still.
Atemzug und Pinselstrich.
Atemzug und Pinselstrich.
Da stehe ich, allein auf dieser Leiter, das Klima dort
ist rau.
Da stehe ich, wissend, dass mir hierbei niemand
helfen kann.
Da stehe ich, Arme, Haare, alles voller Farbe.
Da stehe ich, blicke nicht zurück, male meinen
eigenen Weg.

Sophie

5

Da steh ich auf der Schwelle.
Ich weiß, eigentlich muss ich weitergehen,
eigentlich kann es nur weitergehen.
Aber hier, zwischen Tür und Angel, ist es so schön.
Ich kann von hier aus alles sehen,
aber nichts so richtig deutlich.
Was passiert ist,
wirkt verschwommen und ineinander verzerrt.
Was vor mir hinter der Schwelle liegt,
ist für mich nur schemenhaft erkennbar.

Das Einzige, was klar ist, ist das Jetzt.

Ich mach das jetzt einfach so.
Nicht so viele Sorgen darüber machen.
Ich tue schon das Richtige.
Eine kleine Stimme sagt mir:
Wenn du so tust, als wüsstest du wie es geht,
funktioniert es von ganz alleine.

Ich war noch nie so frei wie jetzt.
Aber eine Pandemie, Pflichten und meine Angst
halten mich zurück.

Manche sind irritiert von meiner Angst.
„Ja, warum denn?"
„Ja, warum denn nicht?"

Ich hatte viel Glück, in dem Jetzt zu sein,
das jetzt da ist.
Aber mit noch etwas mehr Glück
liegt hinter der Schwelle keine Kellertreppe.

Sophia

6

Da bin ich. Mit einem Fuß noch voll im Raum,
während der andere schon über die Schwelle
stolpert.
Mit einem Kopf voller Ideen und ohne sie zu
verstehen,
werfe ich sie wieder weg.
Höre auf, bevor ich überhaupt übers Anfangen
nachdenken,
es zerdenken konnte.

Drehe mich im Kreis.
Schneller, immer schneller dreht sich die Welt
um mich,
drehe ich mich auf der Welt, wie die Gedanken
in meinem Kopf.

Und ihr schubst mich an, so dass ich mich noch
schneller drehe,
den Druck auf meinem Körper spüre und die
Orientierung verliere.

Aber ihr wollt mir ja nur helfen, klar.
Wollt, dass ich den richtigen Weg gehe,
dabei nehmt ihr mir doch die Sicht!

Pläne verwerfe ich wegen kleinster Gründe.
Habe morgen keine Lust mehr auf das, was ich gestern plante,
zerdenke mir das schönste in die schlechtesten kleinen Legosteine,
die jedes Mal wieder wehtun, wenn ich über sie falle.

Will mich einbringen, Leistung bringen, Mehrwert haben.
Dabei hab ich doch von der vielen Zeit so wenig,
verschwende sie dann für Unnötiges.
Die Hände voll mit Arbeit und doch keine richtige Aufgabe.

Manchmal komme ich mir unnütz vor,
weil ich mir eine Pause gebe,
die ich brauche, weil alle immer nur erzählen,
wie kurz das Leben ist
und dass man es doch nutzen soll,
weil man doch nur eines hat.

Ich weiß nicht, ob ich nützlich bin
oder Erwartung erfülle.
Aber eigentlich bin ich glücklich.
Eigentlich.

Maria

Wie ich lebe

1

Wie lebe ich?

Die Augen aufgeschlagen.
Auf der Suche nach einem Funken.
Nach Licht in der Dunkelheit.

Gedanken ziehen ihre Bahnen
auf der Autobahn in meinem Kopf.
Wirre Fetzen, große Fragen,
verdammt große Fragen.

Wie lebe ich?

Und dann plötzlich:
Stau.
Die Gedanken überschlagen sich.

Leidenschaftlich? Ein wenig.
Impulsiv? Definitiv.
Emotional.

Da. Die Funken!
Überspringend durchfluten sie meine Bahnen
mit gleißendem Licht.

Wie lebe ich?
Übersprudelnd von Emotionen.

Lea

2

Wie lebe ich?

In mir selbst lebe ich – verworren.
Muss schnell raus und doch wieder rein.
Mitmirverbinden muss ich mich.
Auch, wenn ich das nicht immer weiß.
Muss in ordentliche Reihen kommen.
Zur Ruhe kommen.
AUFWACHEN!

Herumgeschleudert lebe ich,
von linksnachrechtsnachrechtsnachlinksnachoben.
Und wieder unten.
Reihe um Reihe, Jahr um Jahr
gibt das Leben mir meine Form,
mit Stolz trage ich sie.

Mal ausgebeult, mal glatt,
immer ein „Ja“ zu mir.
Mit Nervensträngen aus Stahl,
wie ich sie brauche.

Vom Überleben zum Leben lebe ich.

Katharina

3

Eine junge Frau läuft durch die Stadt.
Ihre mittelbraunen, schulterlangen Haare hat sie zu einem hohen Zopf gebunden.
Lässig wippt er bei jedem ihrer so entschiedenen Schritte.
Sie weiß, wer sie ist, was sie will und was sie braucht.

Als sie endlich die Eisdiele sieht, vor der ihre drei Freundinnen schon auf sie warten,
steht ihre Entscheidung fest, dass sie heute einen Malaga-Becher essen wird.
Nicht, weil sie den immer isst. Eigentlich isst sie ihn nie.
Doch jetzt grade braucht sie diesen Malaga-Becher,
für den sie sich genauso bewusst entschieden hat
wie für das dunkelblaue T-Shirt,
das sie heute Morgen aus ihrem sortiert unsortierten Kleiderschrank gezogen hat.

Nach der Begrüßung steuert sie entschieden auf den Platz in der Sonne.
Sonst war ihr egal gewesen, wo sie saß, was sie mit ihren Freundinnen machte
oder welche neuen Schuhe ihre Freundinnen trugen.
Doch war es ihr wirklich so egal gewesen?
Nein.
Eigentlich wusste sie schon immer genau, was sie wollte,
und hatte aus Rücksicht auf die anderen sich selber zurückgenommen.
Es war ihr nie egal gewesen. Ok, außer vielleicht die Schuhgeschichte.
Es war aber immer bequemer gewesen sich anzupassen,
anstatt für sich selber einzustehen.

Doch das hat sich geändert.
Denn dort sitzt sie,
die junge Frau mit dem hohen, braunen Zopf und
dem dunkelblauen T-Shirt
auf dem Platz in der Sonne zwischen ihren
Freundinnen
und bestellt ihren Malaga-Becher, den sie heute
einfach mal braucht.

Maria

4

Mitten im rauchenden
Ruhrpottdschungel
bestimmt stetiges
Stahlwerkbrummen
die Alltagsmelodie.
Zwischen graublassen
Betonbauten staut sich
die Hitze und der
Himmel zeigt selten
sein blauklares Gesicht.
Hinter geschlossenen Fenstern
kühlen alte Mauern
Gehirnzellen.
Ich sitze da – im sanften Staunen.

Paula

Treibgut

1

Überall sein können, zwischen Menschen
schweben,
Gesichter lesen, Dinge zusammen schaffen,
unbeschwert sein, frei tanzen,
angerempelt werden
ohne Sorgen vor Schweißabdrücken.

Singen, mitschreien, loslassen,
die Maske der Verrückten aufsetzen
und den einzigen Baum emporklettern,
um unten von Mengen getragen zu werden.

In der rhythmischen Masse mittobend
verschwimmen.

Munia

2

Am Strand lass ich ihn los,
meinen Ballast.
Auf nimmer Wiedersehen!

Die erste Welle kommt
und trägt ihn von mir weg.
Hoch und runter.
Wellenförmige Energie.
Weit, weit weg von mir.

Er wird woanders ankommen.
Vielleicht.
Ich hoffe es nicht!

Mein Treibgut ist nicht gut.
Doch es treibt gut.
Aus meinem Blickfeld.

Katharina

3

Pandemie

Ich stehe auf dem Balkon, 4.Stock.
Mein roter Ball treibt in den Wellen.
Ich versuche, mich allein auf meinem Teppich zu drehen.
Mein roter Ball treibt in den Wellen.
Unter ihrer Maske kann ich nicht erkennen,
ob meine Mutter lächelt.
Die blauen Ringe unter den Augen meines Professors
färben auf mich ab.
Mein roter Ball treibt in den Wellen
Auf 1,5 m Distanz hat sich mein Zimmer abgekühlt.

Sophia

Ich – Du – Wir

1

Ich erinnere mich deutlich an das letzte Mal,
an dem wir uns umarmten, umgaben,
du mich und ich dich,

und wir uns das nächste Mal
unter der sengenden Sonne versprachen
und wie seit zwei Jahren
das nächste Mal nicht kommt.

Das nächste Mal werden du und ich
nicht mehr du und ich sein.

Katharina

2

Lagerfeuer in dunkler Nacht.
Wüste, weite Wüste,
hohe, goldene Sandhügel.
Hitze.

Ein langes, rotes Kleid,
ein schwarzes Gewand,
fließende Bewegungen.

Ein Konzertflügel aus schwarzem Holz.
Ein Tempel mit Räucherstäbchen,
exotischen Duft verströmend.
Der Tempel ist dunkel.
Der Tempel ist leer.
Blumen bedecken den Boden, bunte Blumen
von roten Rosen bis zu Feuernelken und
Maiglöckchen.

Meterhohe Wellen rauschen auf die Küste zu.
Das Wasser azurblau.
Schillernd verfangen sich Sonnenstrahlen darin.

Urwald mit dichtem, tiefgrünem Blattwerk.
Nebelschwaden driften durch die Zweige.

Unsere Entscheidung.
Meine. Deine.
Zu früh? Zu spät?

Mariele

3

Du hast deine langen Haare abgeschnitten –
ohne Erfolg.
„Brillenschlange!“
Du stachst markant heraus.
Du bist aufgefallen.
Du wolltest auffallen.
Du wolltest am Ende unsichtbar sein.

Dein Lachen laut, stark, unkontrolliert.
Du warst uns unangenehm, nicht auszuhalten.
Du hast uns nicht gepasst.

„Sei still!“
Du hast dir nicht den Mund verbieten lassen.
Achselhaare mit einer Schere schneiden,
„Wer macht denn sowas?“
Lautes Lachen – nicht von dir – über dich.
Du hast dich nicht angepasst.

Wir drängten dich ungeschont weiter an den Rand.
Du am Abgrund.
Wir haben dich bespuckt, beschimpft,
beworfen mit Broten, die dich umstießen,
fallen ließen, ganz tief verletzten,
so dass dein Bein einschlief, steif wurde.

Du hast dein Bein einschlafen lassen,
dein Lachen,
deinen Mut, nicht angepasst zu sein.

Wir haben dich gebrochen.
Du bist nicht schuld
und ich bin nicht stolz.

—

4

Der dunkelste Tag in diesem Jahr.
Ich habe nichts außer fürchterlichen
Kopfschmerzen.
Und Angst, Zorn, Hass gegen alles.
Egal, was ich versuche zu denken und zu tun:
NEIN ist die Antwort in mir.
Ich krümme mich zusammen,
kauere auf deiner weichen Matratze.
Ich fange an zu keifen und zu fluchen.
Es ist heiß und mein Kopf scheint zu zerspringen,
zu verglühen,
während der Rest von mir zittert.
Das völlige Nichts und Alles.
Unendliche Hilflosigkeit dröhnt in mir.

Und dann eine Umarmung von dir.
Etwas plump und unbeholfen, etwas zu fest.
Doch einen Moment kann ich mich darin verlieren,
anstatt mich zu verlieren.

Ich fange an, mich wieder zu spüren.
Ich weiß wieder, wo ich bin in diesem Raum.
Sehe holzvertäfelte Wände,
den Fernseher, der mich anschweigt,
ein Fenster, durch das die Sonne scheint.
Spüre eine weiche Matratze unter mir,
die mich fängt und hält wie deine Umarmung,
die uns beiden die Gewissheit schenkt,
all das fühlen zu dürfen.

Jetzt weiß ich noch nicht,
dass es dieses Gefühl ist,
was bleiben wird von diesem dunklen Tag.

Munia

5

Küss mich – Herzreißen!
Fädle leis durch meine Haut
bebende Wurzeln.

Paula

6

Dröhne.
Ich schiebe von innen heraus.
Meine Seele birst
in tausend gemütliche Teile.
Heile, so heile,
wenn du mich umschließt,
mich in dich legst.
Mit meinen tausend Teilen
möchte ich hier verweilen.
Darf ich?
Ich darf, bis ich wieder dröhne,
schiebe von innen heraus.

Paula

7

Im Gefühl zu dir
bin ich
frei, klar, wissend,
dass du dableibst
auch, wenn ich gleich anfange zu erzählen
von Schatten in Dramen,
die nicht so groß erscheinen
wie sie waren, als ich noch fest darin versank.
Doch du nimmst meinen Schatten in die Hand,
schwingst hin in die Be-Rechtigung,
her in dein Wieder-Erkennen,
wirfst mich auf mich zurück,
wirfst meinen Schatten da-neben,
umarmst uns lange
mit deinen großen Augen.

Paula

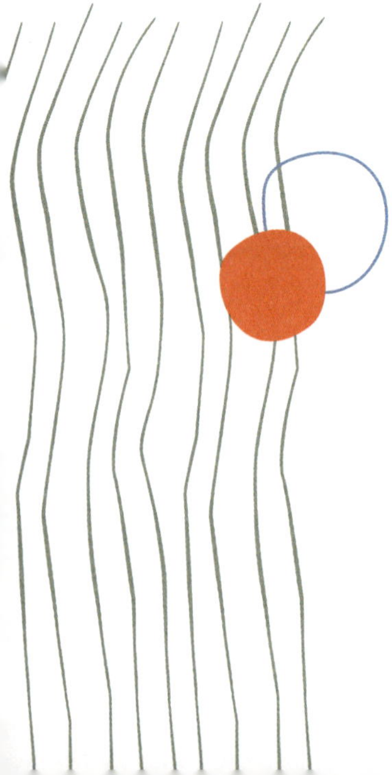

Vorsätze

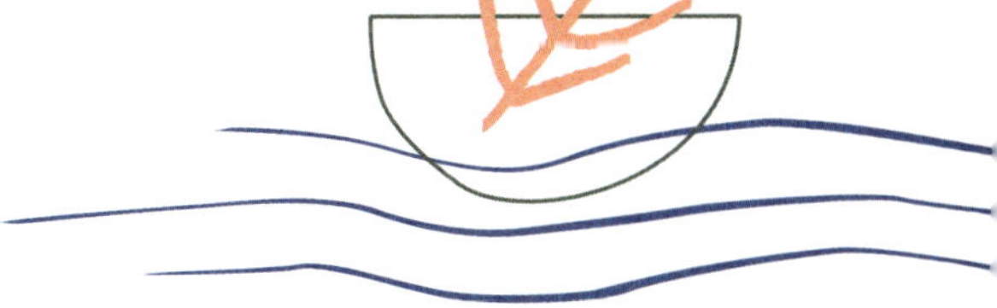

1

Lass dich fallen!
Sei laut!
Weine mit Fremden!
Iss auf dem Boden!
Nimm einen tiefen Atemzug!
Schäl dich aus Strukturen!
Lege mit einem Seil deine Grenzen!
Schlendere aus dem Strom hinaus!
Spring in die Nähe hinein!
Sage „Ja", trau dich ein „Nein"!
Lass dich einen Hügel hinunterrollen!
Liebe dich so, wie du es kannst!
Nimm dich selbst nicht zu ernst!
Unterstütze Menschen, die dir nahe sind!
Unterstütze Menschen, die dir fern sind!
Lass andere ihre eigenen Entscheidungen treffen!

Kümmere dich um das, was dir wichtig ist!
Gestehe deine Fehler ein!
Mach den ersten Schritt!
Verteile Komplimente,
ohne welche im Gegenzug zu erwarten!
Lache, bis du Lachtränen weinst!
Verschenke Umarmungen!

Gruppentext

2

Lass dich fallen!

Lass dich fallen,
lass dich los,
verlier die Kontrolle,
verlier deinen Kopf.

Schöpfe neuen Mut,
schöpfe den alten Rahm ab,
ertränke dich in Selbstvertrauen,
ertränke die alten Zweifel.

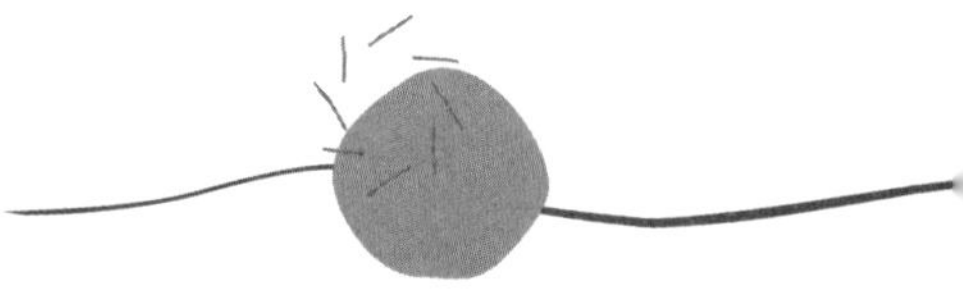

Werde eine Freundin von Freiheit und Unsicherheit,
werde spontan,
liebe das, was dich glücklich macht,
liebe.

Lerne zu schwimmen aus dem Strudel der Welt,
lerne zu laufen ohne das Ticken der Zeit,
werde groß und bleibe klein,
werde wild und bleibe weich.

Maria

3

Was ich nicht vergessen möchte,
ist das leise Knirschen der Schritte im Schnee.
Das Schlittenfahren, das Schneemännerbauen
und die langen Winterspaziergänge.

Was ich nicht vergessen möchte,
ist das leise Knirschen der Schritte im Schnee.
Das Schneeschippen, das Eislaufen
und all die Weihnachtslieder.
Schneechaos in Österreich.

Was ich nicht vergessen möchte,
ist das leise Knirschen der Schritte im Schnee.
Und wenn wir nicht auf unseren Planeten achtgeben,
ist die Erinnerung das Einzige,
was uns von all dem Schönen bleibt.

Ich will mich nicht erinnern müssen,
sondern Schönes immer wieder neu erleben,
weil genau das für mich Freiheit ist.

Sophie

4

Niemals vergessen möchte ich den harschen Tonfall,
den du wählst,
und den stinkenden grauen Rauch,
den du ausspeist wie ein alternder Drache.
Bedeckt von deinem Hut, stehst du da.
Erkennen kannst du nicht mehr viel, aber du siehst
alles.

Nie mehr wird mir jemand so eindrucksvoll
befehlen,
mir eine dickere Jacke anzuziehen,
das kleine Stück um den Blumenpott beim
Rasenmähen nicht zu vergessen,
erst mir noch was Süßes aus der Kippschublade zu
nehmen,
später dann eine Zigarettenpause zwischen dem
Blätterharken zu machen
und schließlich immer eben durchzuklingen, wenn
ich gut über bin.

Deine starre, leise Miene schmilzt, wenn du anfängst
zu singen und zu dichten
„Jupp, wenn die Kinder mal ruhig sind, fängst du an
zu dabbeln!“
und mit halb erinnert, halb neu gereimten Texten,
Worten, Geschichten
den Raum erfüllst.

Nie vergessen will ich, wie ungewöhnlich es war,
dich mehr als eine Minute an der Strippe zu haben.
Nie vergessen will ich jede einzelne deiner
Lachtränen,
wenn du das Buch zum 100. Mal liest, deine
Begeisterung und dein Geschick,
wenn es darum geht, jedem neuen kleinen Mitglied
der Familie zu zeigen,
wie man Maikäfer fachgerecht fängt und in
Zigarrenkisten sperrt.

Meine Begeisterung, als ich zum ersten Mal sah, wie
du mit den Ohren wackelst,
deine Flausen im Kopf, mein Lachen, als der Rauch
aus deinen Ohren stob.
Nie vergessen deinen Sturkopf, der dich so weit
brachte,
deine großen Hände, vernarbt und stumpf wie ein
alter Baum.

Nie vergessen will ich, dass du mich immer zur Tür
bringst
und dort winkend stehst, bis ich um die Ecke
verschwunden bin.

Munia

Vom Umgang mit Schwierigkeiten

Wie eine junge Frau
den Himalaja bezwang

Vom Umgang mit Frust und Krisen

Eine junge Frau trennt sich von dem,
was ihr zu viel Energie raubt

Ein Tier erklärt mir einen Satz,
der für mich heilsam ist

Wie eine junge Frau den Himalaya bezwang

1

So lange sie nicht stehen blieb.
So lange sie nicht stehen blieb,
Setzte sie einen Fuß vor den anderen.
Nur noch einmal, nur noch zehnmal.
Nur noch zehntausendmal.

Kälte war Alles und Nichts,
Konstrukt und reale Gefahr.
Flacher Atem, war er heiß oder kalt?
War sie taub oder fühlte sie jede Zelle?
Solange sie nicht stehen blieb.
Nur noch fünftausendmal.

Wenn sie das schaffte, was passierte dann?
Was war sie dann?
Wer war sie dann?
Lange Nächte voller Bewunderung.
Lange Tage voller Applaus.
Solange sie nicht stehen blieb.
Nur noch dreitausendmal.

Jeder kältedurchbrechende Schritt
War ein Kampf gegen sie selbst.
Aber eines wollte sie nicht sein:
Eine scheiternde Frau.
Was war eine scheiternde Frau?
Sie war keine scheiternde Frau
Solange sie nicht stehen blieb.
Nur noch neunhundertmal.

Die Luft wurde dünn,
Ihr Schweiß gefror an ihren Schläfen.
Ihre Augen trocken und tränend.
Sie war alleine!
Sie machte das alleine.
Oh mein Gott, sie machte das alleine!
Und sie würde es schaffen.
Jetzt war es auch egal, ob eine Lawine sie traf,
Ein Sturm sie umwarf.

Sie war nur noch ihr Wille. Ungebrochen.
Raue rote Handflächen unter dicken Handschuhen.
Schneestiefel und signalgelbe Daunenjacke.
Sie war nur noch ihr Wille.
Signalgelb im weißen Eis.

Die letzten Meter
Waren wieder leicht.
Es war schon fast schade,
Wie sie hinwegwehten.
Hätte sie es mehr zelebrieren sollen?
Solange sie nicht stehen blieb.
Noch ein Schritt.
Nur noch ein Schritt
Und aus Wille wurde Triumph.
Triumph!
Triumph!
Wie sie den Himalaya bezwang!

Lisa

2

Sie lag in ihrem Bett.
Auf ihr eine weiche Daunendecke, die so leicht schien.
Und doch konnte sie nicht aufstehen,
sich nicht herumdrehen, keinen Schritt gehen.
Ihre Gedanken hielten sie fest, gefesselt ans Bett,
allein in ihrer eisigen Einsamkeit.
Sie war müde, erschöpft von den mentalen
Achterbahnfahrten der vergangenen Tage,
vom Kettenkarussellfahren ihrer Gefühle der
vergangenen Wochen,
dem schier endlosen Auf und Ab im Hochgebirgs-
systems ihres Lebens.
Ihr war kalt.
Mühevoll zog sie die Decke ein Stück weiter
über ihren fast leblos scheinenden Körper.
Die letzten Aufstiege hatten Spuren hinterlassen,
tiefe Fußstapfen im Schnee ihrer Seele.
Ihre Augen waren matt
und ihre blasse Nasenspitze schimmerte nur leicht
im Sonnenlicht,
das auf ihr Tango zu tanzen schien.

Es überkam sie eine Lawine von Erinnerungen,
riss sie mit und trug sie fort, zurück ins Tal.
Enttäuschung machte sich in ihr breit
und die Leere nahm immer mehr Platz in ihr ein.
Traurig wimmerte ihr Herz im Takt der Schneebrocken,
die an ihr vorbeirauschten.
Sie war so nah dran gewesen, den ersten Gipfel zu überwinden,
damit manche Sorgen verschwinden würden,
doch nun verschwand sie
in den Massen des kalten, erbarmungslosen Schnees.
Sie hatte keine Kraft mehr sich aufzubäumen, sich zu wehren.

Vorsichtig kitzelte ein Sonnenstrahl ihre Stirn.
Da begann das Eis langsam zu schmelzen.
Es wurde schließlich zu Sturzbächen aus eiskaltem Wasser,
die ihre Wangen eroberten und das Kissen unter ihr
zu einem Schmelzwassersee werden ließen.

Und dann war da plötzlich nichts Kaltes mehr.
Das Eis war geschmolzen, die Bäche versiegt.
Sonnenstrahlen wärmten ihren Körper.
Leicht glitzerten ihre Augen
und ein vorsichtiges Schmunzeln
breitete sich auf ihrem Gesicht aus.
Zaghaft bewegte sie ihre Finger und Zehen,
dann die Arme und Beine.

Voll sanfter Kraft schlug sie die Daunendecke
zurück,
ließ ihre Beine über die Bettkante gleiten
und berührte den harten Parkettboden.
Zum ersten Mal seit langem stand sie auf,
streckte sich, reckte sich und war bereit,
die nächsten 8848m zu bezwingen.
Den ersten Gipfel hatte sie jetzt bereits hinter sich
gelassen.

Maria

3

Sie konnte es selbst kaum fassen,
als sie endlich den Himalaya bezwungen hatte,
oben stand, ganz oben, wo die Luft so dünn war,
dass das Nichts nach ihr zu greifen schien, doch sie nicht packen konnte.
Denn alles, alles lag unter ihr, hinter ihr und vor ihr auf seltsame Art und Weise.
In ihrer Hand der kleine Stein mit siebzehn Ecken
und der warmen Wölbung in der Mitte.
Der Stein, dem sie das Versprechen gegeben hatte.
Man hätte meinen können, es wäre ihr Wunsch gewesen.
Doch das war es nicht.
Es war …

Die ersten Tausende von Schritten, in Massen gewankt, mitgezogen.
Begeisterung durchströmte sie
wie die Worte und Ideen der Gleichgesinnten
oder besser: der anderen.
Keine eigene Kraft, eher ein Funken.

Doch mit jedem Meter Richtung Schnee und Eis,
mit jedem Schritt Richtung Kälte und Einsamkeit,
mit jedem Atemzug, der immer verbitterter nach
Sauerstoff lechzte,
wuchs der Funken.
Und das musste er,
denn die unerträgliche, falsche, fremde Wärme
verließ sie nach und nach.

Anders – der Stein in ihrer Hand.
Nie zweifelnd auf diesem Weg, ob,
nur die Frage, wie.
Schaffbar, machbar, muss.
Quälende Stunden des Wartens
zwischen den Schritten.
Umkehr? Nein!
Es roch nach Freiheit.
Es roch so herrlich nach ...

Sie sah kein Grün mehr.
Ab und zu ein Halm, der nach mehr griff, doch hier?
Ein einfaches Krähen hatte sie auf halbem Weg fast
umgehauen,
weggestoßen,
das Kra so unvermittelt in sie eingeschlagen
wie ein Blitz einen alten, knorrigen Baum verbrennt.
Doch festgehalten.
Sie den Stein. Der Stein sie.

Nächte in Hütten, die schienen,
als würden sie die eisige Kälte abhalten
und ihr gefrorenes Gesicht voller Zapfen tauen
lassen.
Doch dann: kraxelnd nichts mehr.
Denn oben hatte sie – alles.
Alles lag unter ihr, hinter ihr und vor ihr auf seltsame
Art und Weise.
Seen voll Tränen, Berge voll Eis, klare, dünne Luft,
kaum Sauerstoff.

All das ließ den Funken zu Feuerbächen wirbeln
und brennen.
Karge Steine. Jeder Einzelne.
Lagen dort schon ewig unter ihr.
Nur den kleinen, einen, den nahm sie mit.
Dem hatte sie etwas versprochen.
Er war jetzt für immer. Ganz oben.
Nicht aufgehalten, trotz steinerner Füße.
Für immer!
Vielleicht.
Ganz sicher.
Bezwungen.

Munia

Vom Umgang mit Frust und Krisen

1

Ein lauter Schrei.
Ihre Tür knallt.
Ihre Füße trommeln auf den hellen Parkettboden.
Ein tiefer Atemzug.
Das Gedankenkarussell rast. Immer schneller wuselt es in ihrem Kopf.
Verschiedenste Stimmen werden immer lauter, verschmelzen zu einem Rauschen, das in ihrem Kopf hoch und runter,
hin und her schwappt.
Sie presst die Hände auf die Ohren,
lässt sich auf den Boden vor ihre große, eichene Schrankwand sinken
und zieht die Knie vor ihre Brust.
Schluchzend versucht sie, ihre Gedanken unter Kontrolle zu bekommen.
Die Schrankwand an ihrem Rücken ist zu kalt,
das Rauschen der Gedanken zu laut.
Sie will doch nur glücklich sein!
Tränen bahnen sich ihren Weg über ihre heißen Wangen.

Plötzlich schlägt sie die Hände auf den Boden.
Fest, sehr fest, und reißt die Augen auf.
Ein lauter Schrei.
Dann steht sie wankend auf.
Ein tiefer Atemzug.
Ein Strecken der Gliedmaßen.
Leise öffnet sie ihre Zimmertür, huscht die steinerne Treppe hinunter
und schlüpft in ihre schönen, schwarzen Schuhe.
Ein kurzer Blick in den Spiegel, ein Lächeln.

Dann läuft sie über die Schwelle der Haustür,
drei alte Betonstufen hinunter, die Straße entlang.
Ihr Gedankenkarussell dreht sich verlassen vor der kalten Schrankwand.

Sie weiß, dass nur sie ihren Weg gehen kann.
Sie spürt, dass sie ihren Weg gehen kann.
Sie geht ihren Weg.

Maria

2

Eine junge Frau erzählt mir von ihrem Tag,
von Zurückweisung und Selbstzweifeln,
von Enttäuschung.
Sie ist enttäuscht von sich selbst.

Die Angst gräbt ihr ein Loch im Bauch.
Sie fühlt sich schummrig, übel, leer.

Doch auf einmal macht sich ein Lächeln
auf ihrem Gesicht breit.
Nicht glücklich, aber entschlossen.

Sie sagt:
Heute Abend esse ich in meinem Bett
einen Burger mit Pommes und Mayo
zwischen den Kissen.
Ich schau einen Film zum 20ten Mal
und schmolle richtig lange.
Ich schmolle.

Sie geht an ihr Handy und öffnet Lieferando.
In 55 Minuten darf sie sich verkriechen.
Sie will sich nur noch verkriechen.
Also macht sie es.

Sie schaut mich an und spricht:
Meine Oma sagt immer
„Teggen ansehn is et Schlimmste!"*

Also sehnt sie sich mitten in ihren Frust hinein,
wälzt sich in kuscheligem Selbstmitleid.

Und ehe sie sich versieht,
ist sie leergeweint und vollgefressen.
Denn sie isst heute Abend in ihrem Bett
genüsslich einen Burger.

Lisa

* *dagegen*

3

Selfies. Wie sie sie hasst!
Diese gestellten, aufgehübschten Bilder,
– am besten noch mit diversen Filtern gepimpt –,
die einzig und allein der Selbstdarstellung dienen.
In ihrem Fall hat sie allerdings das Gefühl,
dass ihre beste Feindin diese Fotos nur mit ihr macht,
um sie *gegen* sie zu verwenden.
Wenn die junge Frau mit ihrer besten Feindin
vor der Kamera ihres Handys steht,
fühlt sie sich inzwischen dermaßen unwohl,
dass es kaum noch auszuhalten ist.

Aber das Posieren für die Kamera ist ja nur der Anfang.
Danach wird Foto für Foto akribisch gecheckt und kommentiert.
Die beste Feindin der jungen Frau kritisiert ihre eigene Figur,
ihre Beine, die Breite ihrer Schultern, ihre Hüften
und schafft es trotzdem,

allein durch ihren Unterton und diese gewissen Details
ihr eigentliches Ziel zu treffen: die junge Frau.
Sie verwendet doppeldeutige Worte und verpackt Beleidigungen
in betont neutralen Ausdrücken.
Manchmal ist die junge Frau fast schon beeindruckt von der Strategie
ihrer sogenannten Freundin.
Es ist eine regelrechte Hassliebe zwischen ihnen.

Wenn die junge Frau ihre beste Feindin tröstet,
komplimentiert diese ihre Freundschaft in den höchsten Tönen.
Doch sobald es um Vergleiche geht, ist es vorbei mit der Nettigkeit.
Bekommen beide jungen Frauen eine Klausur zurück,
so wird direkt die Punktezahl verglichen.
Die diebische Freude über einen Misserfolg der jungen Frau

kann die beste Feindin nicht verbergen.
Gehen sie zusammen shoppen, so wird natürlich extra
das gleiche Outfit gewählt: Man muss ja vergleichen können.
Und geht es um das Thema gemeinsames Essen,
so fühlt sich die junge Frau danach jedes Mal schlecht und schuldig,
selbst wenn sie nur ein einziges Stück Pizza isst.
Es geht so weit, dass die junge Frau es hasst, sich im Spiegel anzusehen.
Jedes Outfit wird dreimal geändert,
jedes Foto dreißigmal geprüft.

Irgendwann hat sie es satt!
Sie will keine Träne mehr an die beste Feindin verschwenden!

Und plötzlich ist es ihr egal.
Ihre Wut auf diese Person ist stärker als ihre
Selbstzweifel.
Sie duckt sich nicht mehr, sondern wehrt sich.
Sie steht zu ihren Noten, isst nur so viel oder wenig,
wie sie will,
verweigert die täglichen Selfies.

Sie wehrt sich, denn sie ist eine eigene, kraftvolle
Persönlichkeit
und keine Marionette ihrer manipulativen besten
Feindin.

Mariele

4

Sie braucht eine Weile, um den kurzen Text zu
verfassen.
Für die fünf Sätze hat sie das ganze Internet nach
Vorlagen abgesucht.
Tipp- tipp- tipp- Punkt.
Einen Moment lang starrt sie auf den Bildschirm.
Der Mauspfeil schwebt über der Option “Drucken”.
Klick.
Jetzt bloß nicht zögern!
Schnell nimmt sie das Schreiben aus dem Drucker,
faltet es in Drittel,
schiebt es in einen Briefumschlag.
Adresse. Briefmarke.
Ein tiefer Atemzug.
Sie schlüpft in Stiefel und Winterjacke.
Jetzt Schritt für Schritt.
Nicht zu lange nachdenken!
Das Geld wird schon reichen.
Aus der Wohnungstür. Die Stufen hinunter.
Aus der Haustür ins Schneegestöber. Nach links.
Trotz Stiefeln werden ihre Hosenbeine nass.

Sie zittert, die Nase tief im Schal versunken,
die Kapuze ins Gesicht gezogen.
Autos fahren langsam an ihr vorbei.
An der Ampel bleibt sie stehen.
Ob Grün oder Rot ist, kann sie nicht erkennen.
Blick nach links, blick nach rechts, wieder links,
zurück zur Ampel.
Ein Auto hält. Die Ampel ist wahrscheinlich grün.
Einen Fuß vor den anderen, langsam und
konzentriert,
erreicht sie die andere Straßenseite.
Jetzt weiter. An der Häuserwand entlang.
Vorsicht, Eiszapfen!
Sie macht einen Bogen um die Absperrung.
Ihre schwitzige Hand hält den Brief fest in der
Tasche.
Noch ein paar Schritte.
Der Briefkasten ist fast zugeschneit,
aber immer noch gelb leuchtend vor St. Johannes.
Sie bleibt stehen.
Jetzt nicht nachdenken!

Hastig schiebt sie die Briefkastenklappe auf
und streckt ihre Hand mit dem zerknautschten Brief aus.
Eine Schneeflocke landet auf ihrer Hand und zerschmilzt.
Loslassen!
Sie zieht die Hand aus der Briefkastenklappe.
Blickt auf zu St. Johannes.

Sophia

Eine junge Frau trennt sich von dem, was ihr zu viel Energie raubt

1

Eine junge Frau verabschiedet sich.
An der Schwelle zur Tür dreht sie sich
noch einmal um.
Eine letzte Umarmung.
Noch ein letztes Mal die vertraute Nähe spüren.
Den festen Druck. Zu fest.

Ein letztes Mal in die Augen schauen.
Das Paar Augen, das Sicherheit schenkt.
Sicherheit und Kontrolle.
Der vertraute Blick: erwartungsvoll,
nach Perfektion suchend,
Last aufbürdend.
Sie zweifelt kurz.
Schuldgefühl macht sich in ihr breit.
Fast macht sie einen Schritt zurück,
gibt sich dem Schuldgefühl hin.

Doch nein!
Sie verabschiedet sich.
Sie trennt sich.
Sie tritt über die Schwelle
und lässt die Tür hinter sich ins Schloss fallen.

Die Verantwortung lässt sie zurück.
Endlich ist sie frei.

Lea

2

Eine junge Frau trennt sich
von ihrem selbstgewebten
manufaktierten Stress.
Von Gruppendruck
und überhöhtem Teamgeist.
Sie hat genug davon,
sich immer als leistungsschwach zu sehen.

Eine junge Frau entdeckt Stolz,
wo sie ihn sich vorher nie eingestand.
Denn sie stellt sich eine Frage,
eine einfache Frage:
Was, wenn alles super ist?

Vielleicht ist alles genau perfekt,
und jeder ist zufrieden mit ihr,
und es gibt gar kein Problem.

Was, wenn alles super ist?
Und die Einzige, die das nicht sieht,
ist sie selbst.

Lisa

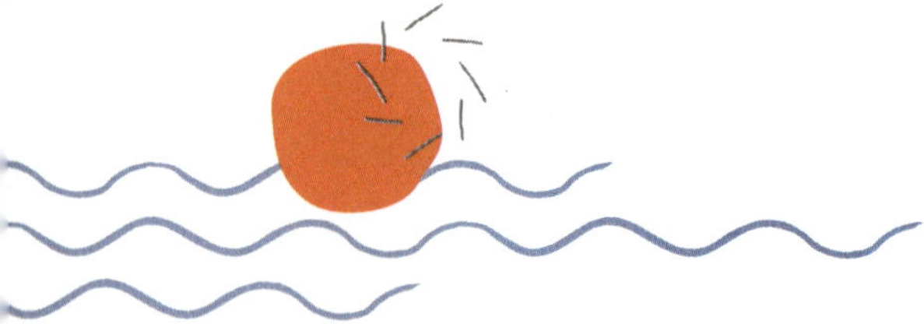

3

Sie steht am Abgrund.
Allein in der weiten Klippenlandschaft
zwischen ausgespülten Felsbrandungen
und vertrockneten Pflänzchen.
Mit ihrer Hand umklammert sie
eine kleine, rote Box mit einer goldenen Schleife.
Sie atmet tief ein und stößt die Luft gezielt in
Richtung Boden.
Immer wieder rollen kleine Kiesel,
durch das Zittern ihrer Füße losgetreten,
den Abgrund hinunter,
zerschellen an den spitz heraufragenden Steinfelsen.

Dann hebt sie den Blick.
Langsam bahnen sich ihre Augen den Weg in
Richtung Horizont.
Erneut atmet sie tief ein und langsam wieder aus.

Mit Schmackes wirft sie plötzlich
die kleine, rote Box mit der goldenen Schleife
dem Abgrund entgegen.
Wie in Zeitlupe verfolgen sie ihre Augen.

Plötzlich ein Lachen, ein helles, fröhliches Lachen.
Es kommt aus ihrer Kehle und schallt so klar
als Echo wieder,
dass sie sich kurz erschrickt.

Dann dreht sie dem Abgrund den Rücken zu und
läuft los.
Wohin?
Das wird sie erst wissen, wenn sie angekommen ist.
Denn ihre Angst ist gerade,
zusammen mit der kleinen, roten Box mit der
goldenen Schleife
auf dem felsigen Boden im Abgrund zerschellt.

Maria

Ein Tier erklärt mir einen Satz, der für mich heilsam ist

1

Wer sich sorgt, leidet zwei Mal

„Wer sich sorgt, leidet zwei Mal“, sagt der Polarfuchs, „bislang habe ich immer noch einen leckeren Hasen im Schnee gefunden, den ich verspeisen konnte, oder ich habe den eisigen Hunger überstanden. Aber nur, weil mein Kopf nicht voll war mit der Angst, den letzten Hasen im Tal schon verspeist zu haben.
Nur ein Jäger mit freiem Blick ist ein guter Jäger. Sonst zerfrisst er sich selbst, anstatt seine Beute.“

Munia

2

Es ist egal, was andere von dir denken

„Findest du mich hässlich?“, fragt der Pavian ernst.
„Du musst gar nicht erst antworten,
denn es ist mir egal, sowas von egal!
Ich bin stark und gesund und weißt du was?
Das bunte Hinterteil,
auf das Kinder immer lachend zeigen,
verschafft mir Respekt,
einen vollen Bauch und eine schöne Frau.
Es kann einem wirklich egal sein,
was Außenstehende denken.
Aber deine Meinung über dich, die zählt!
Also liebe auch du deinen bunten Hintern!“

Lisa

3

Erst in Ruhe und dann mit einem Rutsch

Es war einmal ein Pinguin, der gefragt wurde,
warum er immer einen Moment zögere,
bevor er vom Ufer ins Wasser springt.
Er überlegte kurz und erklärte:
„Manchmal kann es sehr hilfreich sein,
die Dinge nicht überstürzt anzugehen.
Natürlich verlierst du dafür am Anfang etwas Zeit,
aber diese kannst du durch deine Vorüberlegungen
später wieder herausholen.
Das heißt, wenn du dir am Anfang etwas Zeit
zum Nachdenken nimmst, einmal durchatmest,
vielleicht auf deinen Herzschlag hörst
und dir in Ruhe einen Plan machst,
dann kannst du danach gleichmäßig durchhalten
und hast Kraft bis zum Schluss.
In meinem Fall weiß ich nach den ersten Sekunden

mit Blick auf das Wasser, wie gut es mich trägt
und wie ich schwimmen muss,
um in meinem Tempo ohne Probleme
am anderen Ufer anzukommen."

Mariele

Tröstliches Licht

Brief an mein tröstliches Licht

Tröstliches Licht

in deinen mickrigen mausefallen. in dem, was
dich immer wieder auf den boden der tatsachen
zwingt, wenn deine höhenflüge zu steil werden.
da hockst du mit deinen verlorenheiten, ängsten
und vergeblichkeiten. alles schmerzt und hasst dich.
leg dich platt mitten in heilkräuter! thymian,
rosmarin, bockshornklee. warme sonne streichelt
deine rippen. visualisiere farbig! *und siehe:* es ist
nicht so, dass elende mausefallen sofort aufspringen.
wirklich nicht. aber es weht licht. tröstliches licht.

Petra Fietzek

aus: *daseinsprotokolle (Lyrik), Elsinor Verlag 2020*

Brief an mein tröstliches Licht

1

Liebe Musik,

es ist nicht mal eine Stunde vergangen,
seit ich dich gehört habe.
Trotzdem vermisse ich dich jetzt schon.
Du bist ein großer Teil meines Lebens.
Du bist immer bei mir.
Ausnahmslos, bedingungslos.

Wenn ich traurig bin,
hilfst du mir mit melancholischen Zeilen,
den Tränen freien Lauf zu lassen.
Bin ich zornig,
hilft mir ein Spaziergang mit deinen lauten,
schnellen Beats auf den Ohren,
wieder klar zu denken.

Doch auch, wenn ich glücklich bin
oder gute Laune bekommen will,

hältst du einen passenden Song für mich bereit.
Fröhliche Melodien mit ermutigenden Lyrics.

Bei diversen Aktivitäten,
sei es Hausarbeit, Kreatives Schreiben oder Tanzen,
erwartest du mich geduldig
und begrüßt mich jeden Tag aufs Neue
durch meine großen Kopfhörer.

Danke – für deinen Trost in harten Zeiten.
Danke – für deine Geduld und Ruhe,
wenn ich mit niemandem reden kann und möchte.
Danke – für deine konsequente Unterstützung.
Danke – für deine Vielfalt.

Du bist der Soundtrack zu meinem Leben.
Danke, dass du mein Licht bist, meine Musik.

Mariele

2

An meine Lichter

Vergangenheit
Du hast mein Herz zum ersten Mal geöffnet.
Frech mit Ketschup angemalt und ich im
Freudentaumel
rufend erst spät nach Hause fuhr.
Ich erinnere mich deutlich an das
Gartentorgequietsche –
immer dich im Schlepptau.
Dein lautes Stimmorgan,
dein herzhaftes Lachen, fast schon ein Wiehern.
Auf deinem Gepäckträger hast du mich getragen
über Wiesen, Felder, Friedhofsalleen: Schneller!
Ich, an deinem Rücken fest geborgen.

Gegenwart
Du hast mein Herz geborgen.
Es gibt kein Punkt, kein Komma
im endlosen Austausch mit dir.
Du forderst mich heraus

zu assoziieren und das Leben zu genießen!
Ein Hamburger tut's auch.
Du hältst mich ungefragt mit deinen Augen,
wischst Scham und Zweifel fort.
Wir machen es uns jetzt gemütlich.
Ich kann viel von dir lernen.
Vor allem zu vertrauen: Du bleibst!

Zukunft
Ich bin mir sicher:
Irgendwo in naher Ferne leuchtest du.
Nur für mich.
Wenn alles einmal schiefläuft,
bezieh ich mich auf dich!

Paula

3

Hallo,
du fremd gewordene Freundin,
du geliebte Seele aus Kindertagen,
du Gefühl von Heimat.
Du, die ich so schmerzlich vermisse.
Die ich mit schnellen Schritten überallhin verfolge.
Die ich doch nicht einhole,
es sei denn:
Ruhe.
Stille.
Innehalten.

Jetzt bin ich bei dir.
Ich sehe dich ganz deutlich.
Deine weiche Silhouette.
Deinen sich wiegenden Schatten.
Ich nehme deine Hand.
Begleite mich ein Stück!

Vielleicht,
ja, vielleicht
lasse ich dich dieses Mal nicht los.

Lea

4

Liebe, grüne Heimat,
weiße Stühle, blaue Polster, faltige Münder.
Roter Wein aus Südafrika.
Gelbes Bier aus Krombach.

Wie voller Freude und Lachen
die Geschichten, alte und neue.
Ich habe so viel vermisst,
doch dich im Innersten,
euch im Innersten.

Wie er am Grill steht
und sie viel zu laut lacht.

Er das Kartenspiel raus legt,
sie sich in Gespräche vertieft.
Er genießerisch die Hände über den Bauch faltet,
sie mir tausend Fragen stellt.
Er den Witz zum dreihundertsten Mal erzählt
und am Ende immer:
„Schön war's mit euch!"
Familie im Garten.

Lisa

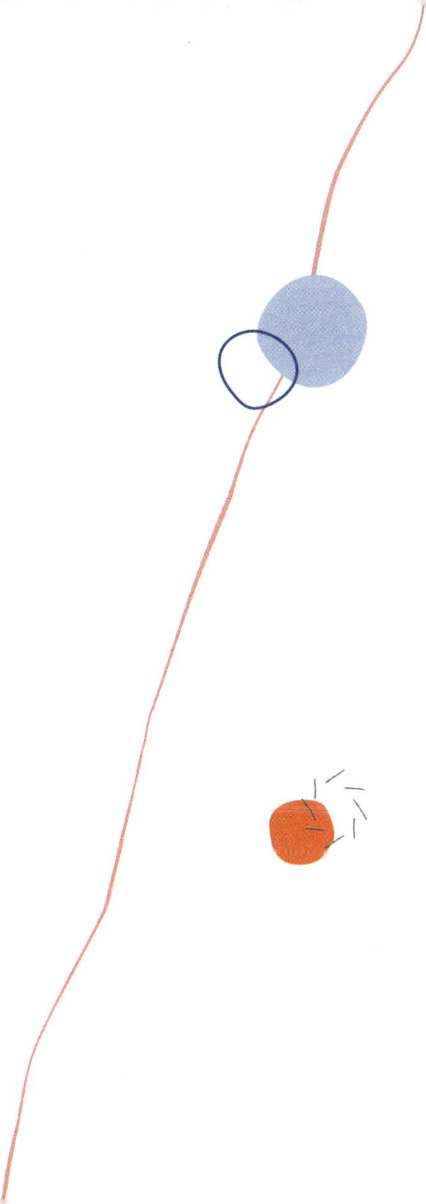

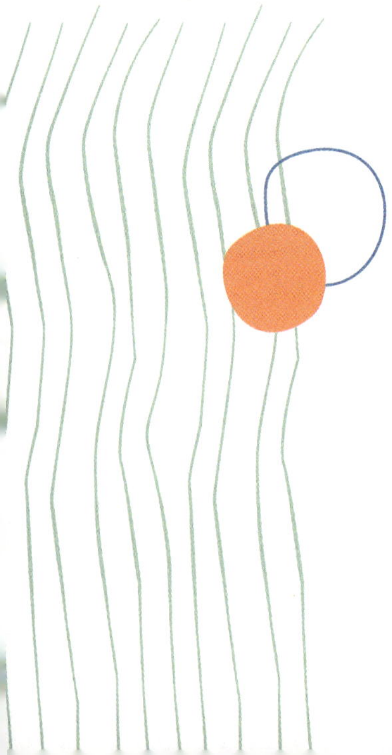

Vom Genießen

Vom Genießen

Ich mach es mir mit mir gemütlich

Ich bin Regisseurin in meinem Leben

1

Stimmengewirr um dich herum
Überall Menschen
Schallendes Gelächter, vertrautes Flüstern
Die Menge verschwimmt vor deinen Augen

Vertraute Blicke
Sie holen dich ins Hier und Jetzt
Lächeln in geliebten Gesichtern

Kein Blick auf die Uhr
Die Zeit läuft rückwärts

Da sitzt du auf der Bank
Einfach so
Hand in Hand mit der Freundschaft
zu dir

Lea

2

„Tick, tack.“
Ich ruf: „Klack, Klack!“
Die Zeit verwischt am
Boden meines Weinglases trunken
von Blütenduft beiß ich
zart in Rhabarberkuchen während
mich ein Gugelhupf unbeirrt
beruhigt die Sonne geht
die Sonne geht die Farben verraten
nicht ob auf oder unter ein
Regentropfen klatscht fordernd
auf meine Stirn ich springe auf
verschling sein Glitzern und schenk es
deinen Lippen.

Paula

3

Wir lehnen hier,
hier,
im Iglu ohne Dach.
Unter den Sternen lehnen wir
dem Himmel entgegen.

Friedliche Eiseskälte kühlt
unsere erhitzten Gesichter und
das Bier daneben von selbst.
In der Mitte ein Feuer,
flackert von allein,
warm,
fast zu heiß, doch
heute zieht die Hitze in die Kälte
und beides ist richtig.

Sterne wandern über uns hinweg,
während wir,
unsere Rücken zurechtgerückt,
gerade richtig eingedrückt,
am Eishaus lehnend, liegend,
uns zu unserem fehlenden Dach
beglückwünschen.

Munia

4

Ich genieße deine Nähe
Deinen Geruch
Deine wunderbare Wärme

Ich genieße wie du genießt
Wie du dich gehen lässt
Wie du immer frei bist
Aber jetzt auch fröhlich

Ich genieße wie du in saftige Taschen beißt
Und cremigen Kuchen isst
Ja ich genieße sogar
Die Geräusche die dein Mund dabei macht

Ich genieße deine Begeisterung
Und deine großen Hände
In meinen
Auf mir

Wir sehen uns tausend Tage
Sollten wir doch mehr davon auskosten
Denn ich liebe es so
Wie du genießt
Du schöner schöner Mensch!

Lisa

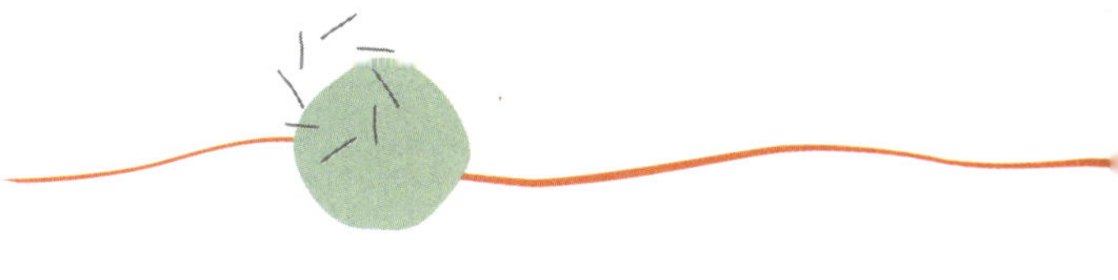

Ich mach es mir gemütlich

1

Auf dem Steg an dem See
mit den Steinen neben dem großen Floß.
Nur ich
und die leisen, zaghaft applaudierenden Wellen.
In Gedanken ganz bei mir.
Nichts, was mich quält.
Nichts, was mich stresst.
Keine Mücke, die mich stört.
Nur ich, ein junger Mensch,
in Gedanken ganz verträumt.

Und man lässt mich auch gewähren,
lässt mir diesen so kostbaren Moment.
Sie sagen zueinander:
Deutet nicht, was sie spricht,
denn sie spricht mit ihrem Engel.

In diesem Moment bin da wirklich nur ich.

Sophie

2

Jetzt bin ich dran.
Heute mach ich es mir mit mir gemütlich,
bin mal nur mit mir allein.
Statt der engen,
blauen Jeans bleibt die Jogginghose an,
Frühstück gibt's im Bett.
Und mein Handy?
Das bleibt weiter ausgeschaltet
auf der Holztreppe zum Dachboden.

Schnell ist das Brot mit einer für andere Menschen
viel zu dicken Schicht Nutella bestrichen,
das Messer in der Spülmaschine verschwunden
und ich bin mit meinem perfektem Brot auf dem Weg
zurück ins Bett.

Leise schlüpfe ich durch meine Zimmertür,
reiße meine Fenster weit auf und springe gekonnt
zurück in die weichen Federn.

Zufrieden atme ich aus, schließe kurz die Augen
und lausche dem Vogelkonzert vor meinem Fenster.
Lauwarme Frühlingsluft strömt herein
und ein gespiegelter Sonnenstrahl kitzelt kurz
meine Nase.
Genüsslich beiße ich von meinem Nutellabrot ab
und starre an die Decke, die durch die
Raufasertapete
wie eine Miniatursteinwüste aussieht.
Schnell ist das Brot verputzt
und ein Krümel kratzt in meinem Nacken.
Nur noch kurz liegen bleiben.

Zwei Atemzüge später springe ich aus meinem Bett,
übersäe den Boden mit den restlichen Brotkrümeln
und tanze in Richtung Tür,
denn mein Leben hat angeklopft.

Maria

3

Ich mache es mir mit mir gemütlich
In meiner Wolkenburg
Setze mich platt und plump
Auf meinen Wolkenstuhl

Ich trage
Eine Krone mit bunten Juwelen
Ein Kleid aus rosa Spitze
Ein Zepter aus Ranken und Gold

Zum Mittagessen gibt es
Sonnenstrahlen und kalten Regen
Ich regiere mit sanfter Strenge
Über mich und mein Wolkenreich

Ich mache es mir mit mir gemütlich
Mit meinen Fantasien
Mit meinen Kindheitsträumen
Treib ich auf dicken Wolken

Lisa

4

Schmetterlingsdrachenköniginnen
sausen durch bunt-stinkende, vernarbte Tore.
Bewacht vom Gargoil.
Ein Wolkenriss tut sich auf.
Dahinter die Wiese, auf der ich liege.

Staunend entspannt, das Pflaster verworfen.
Wunden heilen besser an der frischen Luft
von Feengesängen durchzogen.
Ein glitzernder Schein,
dem meine Augen folgen dürfen,
auch wenn er sich im Nichts verliert.
Und auch das Stapfen von Riesen
erschreckt mich nicht.
Ich blicke nicht auf. Sie ziehen vorüber.

Wie Sterne gesammelt im Einmachglas
zwischen Sandkörnern, so habe ich Zeit.
Denn sie ist unsichtbar wie fliegende Bergtrolle.

Pink und zuckersüß schmecke ich den Trank,
der nach frisch gemähtem Rasen duftet
und die Wiese verzerrt
zu Hängemattenwäldern auf hoher See,
von brausenden Wellen gekitzelt.

Lache über mich oder überhaupt.

So viele Schneemannregenbögen,
die mit Schlangenfamilien Marshmallows grillen
am Rande des Koboltplatzes.
Auch ein Spielplatz aus Porzellan.
Darauf Elefanten, die Mücken die Rutsche herunter
pusten.
Das spüre ich ganz deutlich in meinem kleinen Zeh
auf der Zuckerwattehängematte,
die mit mir im Gras versinkt.

Munia

5

Zwei alte, in Falten gelegte Augen
schauen ruhig abwartend
zwischen den Zweigen hervor.
Langsam wird nun ein Fuß vor den anderen gesetzt
und der graugrüne, mit Narben durchzogene Panzer
schiebt sich aus dem Dunkelgrün der Blätter hervor.
Ein Panzer, der Geschichten erzählt. Unzählige.
Schritt für Schritt, immer wieder innehaltend,
bewegt sich die Schildkröte durch die tropische
Landschaft.
Schon Jahre, Jahrzehnte, Jahrhunderte
zieht sie hier ihre Bahnen.
Es ist ihr Tümpel.
Es ist ihr Grün.

Unendliche Weisheit liegt in ihren tiefen Augen.
Ruhe prägt das Muster ihres Panzers.
Im Wasser angekommen, scheint sie zu schweben.
Schwebt durch das kühle Nass, das unendliche Blau.
Ihr Gesicht ziert nun ein Lächeln.
Sie macht es sich mit sich gemütlich.
Wie ich mir mit mir.

Lea

6

Ich mach es mir mit mir gemütlich
und spüre mich selbst.
Lass die saubere Luft
meine Lungen umspielen,
sie kitzeln.

Ich lächele nur für mich.
Ich bin glücklich mit mir.

Ich fühle Raum und fülle Raum,
lass mich darin einsinken.
Ich existiere als Mensch
in Vollkommenheit.
Passe meine weiche Form
dem weiten Raum an.

Ich spüre, dass ich existiere.
Nicht nur als Augen, die sehen,
Finger, die greifen,
Zähne, die kauen,
Mund, der Silben spricht.

Ich existiere als Mensch in dieser Form.
Als Summe meines Erlebten
entdecke ich mich.

Ich mach es mir mit mir gemütlich
und spüre mich selbst.
Genau dann. Genau so.

Katharina

7

Ich ziehe die schweren Vorhänge zu.
Nein, ich reiße sie auf!
Soll das weiche Morgenlicht mich ruhig kitzeln!

Heute lade ich mich ein,
die Socken auszuziehen,
meinen BH schwungvoll aus dem Fenster zu werfen:
Brustbefreiung!
Wenn er jemandem auf den Kopf fällt,
darf dieser sich ruhig freuen.

Ich zwinkere der Singdrossel auf ihrer Stadteiche
zustimmend zu.
Ich lege mit mir meine Lieblingsplatte auf.

Heut lade ich mich ein, blind auszurasten,
so dass die Holzsplitter der alten Dielen
durch die Gegend fetzen.
Barfuß fühle ich ruhige Kühle,
spüre ich frische Weite.

Wirbele – mich im Arm haltend –
durch glitzernde Staubflocken,
bis ich beseelt zu Boden gleite.
Mutter Erde fängt mich auf.

Paula

Ich bin die Regisseurin in meinem Leben

1

Du sagst: Mach dies! Mach das!
Ich bin Regisseurin.
Du willst es so, nicht so.
Ich bin Regisseurin.
Du willst mir was sagen.
Du kannst mir nichts sagen.
Ich bin Regisseurin.
Du Statist.

Katharina

2

Du versuchst, mich zu bändigen.
Ich bin Regisseurin.
Du versuchst, mich zu steuern.
Ich bin Regisseurin.
Du ziehst und zerrst,
du nervst und schmerzt.
Ich bin Regisseurin,
nicht du, nicht in meinem Leben!

Maria

3

Dies ist mein L-E-B-E-N – Leben.
Ich bin Regisseurin, arbeite mit Entwürfen.
Meiner Kreativität sind keine Grenzen gesetzt.
Ich bin Regisseurin, ich bin die C-H-E-F-I-N – Chefin.
Ich bestimme meinen Weg, gebe die Anweisungen.
Meine Lebensrichtung suche ich mir aus.
Ich entscheide über das Skript.
Ich bin Regisseurin mit meinen R-E-G-E-L-N – Regeln.
Ich erkläre, wer in meinem Film welche Rolle spielt,
und ich feuere diejenigen, die die Einschaltquoten
meiner positiven Gefühle senken.
Ich bin Regisseurin.

Mariele

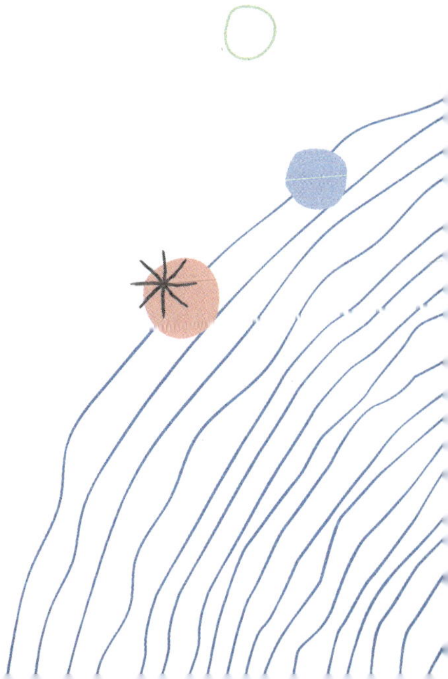

Autorinnen

Katharina, 19 Jahre, studiert nachhaltige Rohstoff- und Energieversorgung an der RWTH Aachen

Lea, 27 Jahre, Grundschullehrerin, Coesfeld

Lisa, 27 Jahre, Mitarbeiterin in einer Dokumentarfilm-Redaktion, Köln

Maria, 19 Jahre, studiert Grundschullehramt an der WWU Münster

Mariele, 21 Jahre, studiert Soziale Arbeit an der Hochschule Koblenz

Munia, 24 Jahre, Redaktionsvolontärin, Münster

Paula, 25 Jahre, Studentin der Psychologie, Witten

Sophia, 20 Jahre, Studium der Politikwissenschaften und Soziologie an der University of Birmingham / Universität Osnabrück

Sophie, 19 Jahre, Abiturientin, ab 1.12.2022 Bundesfreiwilligendienst – BFD

(Stand Februar 2022)

Herausgeberin

Petra Fietzek, geb. 1955, aufgewachsen in Frankfurt a.M., Berlin und Aachen.
Studium der Germanistik, Kunstwissenschaft und Philosophie in Köln.
Seit 1985 freie Schriftstellerin. Ca. 60 Bücher (Lyrik, Prosa, Kinder-/Jugendliteratur), in zahlreiche Sprachen übersetzt. Rundfunkarbeit. Ausbildung in Schreibtherapie (EAG).
Zertifizierte Leiterin von Schreibwerkstätten.
Lebt im Münsterland.

Dank

Ich bedanke mich herzlich bei allen Teilnehmerinnen des Schreibseminars, die ihre Texte für dieses Buch zur Verfügung gestellt haben.

Petra Fietzek

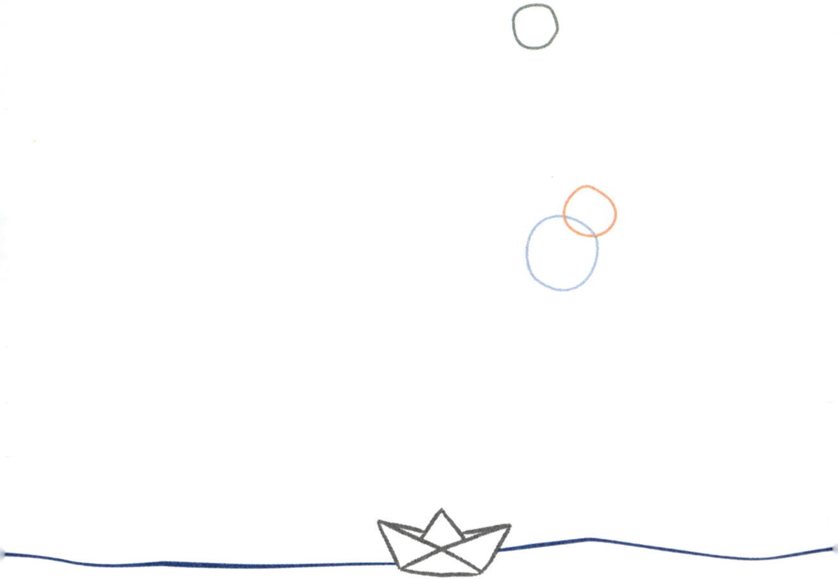

FSC www.fsc.org MIX Aus verantwortungsvollen Quellen FSC® C022120

Mineralöl freie Druckfarbe

5 4 3 2 1 27 26 25 24 23

978-3-649-64364-7

Hafenweg 30, 48155 Münster, Germany

Redaktion: Ursula Heeke
Illustration: Silvie Bomhard
Covergestaltung: Tina Defax
Satz: Helene Hillebrand
Printed in Slovakia

www.coppenrath.de